Voyage Interplanétaire

Érotico-Poétique

Jean-Michel Boiteux

Voyage
Interplanétaire
Érotico-Poétique

Loi n°49-956 du 16 juillet 1949 sur les publications destinées
à la jeunesse, modifiée par la loi n°2011-525 du 17 mai 2011.

© 2021, Jean-Michel Boiteux
Édition : BoD – Books on Demand,
12/14 rond-point des Champs-Élysées, 75008 Paris
Impression : BoD - Books on Demand,
Norderstedt, Allemagne

Crédit images : © Canva.com, © pngkey.com, © png.com
Couverture : © Photo Pixabay "loup Lune" de Myriams-Fotos
© Photo Pixabay "Stars sky night" de Hans

ISBN : 978-2-3223-9623-8
Dépôt légal : Octobre 2021

Il ne faut pas prendre la lune pour un con
Mais on peut prendre le con comme la lune
Ne dit-on pas « Con comme la Lune » ?

Intro du pré farci de bulles

J'ai écrit ce recueil avec quelques souvenirs enfouis dans mon grenier. Pas facile de les retrouver avec les nombreuses toiles d'araignée ici et là. Surtout que la petite araignée a fait du chemin depuis le temps que je rêvasse. Mais en me concentrant et en m'amusant, j'ai réussi à ce que l'araignée tisse un fil conducteur sur toutes ces poésies pour en faire une histoire et un recueil.

C'est un roman poétique que vous pourrez lire comme une histoire ou vous promener de poème en poème. Il sera osé pour certains, parfois vulgaire pour d'autres, ou peut-être fin, subtil pour certains textes, voire excitant ou drôle, ou tout ça à la fois. Il peut se lire d'une main. N'oubliez-pas la boite à mouchoirs à portée de vous.
Âmes sensibles s'abstenir.

Je vous souhaite une bonne lecture.

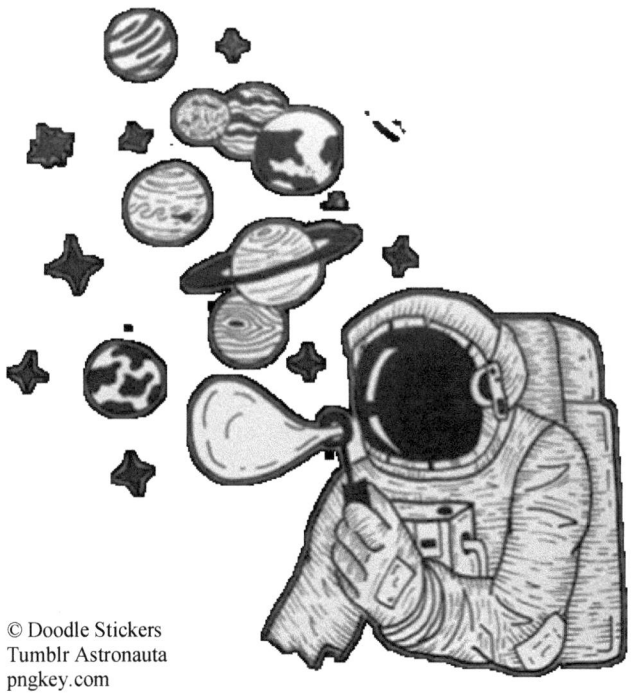

© Doodle Stickers
Tumblr Astronauta
pngkey.com

Au commencement.

Paul est amoureux de Vénus. Il doit se séparer d'elle régulièrement pour son travail et pour de longues missions spatiales. Il transporte du fret, essentiellement des denrées alimentaires non périssables, des pièces détachées réservées à la maintenance des navettes spatiales et ceci, pour les besoins de différentes planètes et lunes de notre Système solaire habitées depuis déjà un millénaire.

La Terre peut enfin respirer car elle comptait près de douze milliards d'êtres humains avant le départ des colonies pour Mars et les lunes de Jupiter. Ce mouvement mondial fut amorcé par de grands entrepreneurs internationaux tels que les GAFAM (Google, Amazon, Facebook, Apple, Microsoft) associés aux grands groupes de l'aéronautique (Arianespace, Airbus, Dassault, Thales Aliena Space, SNECMA pour ne citer qu'eux). Les états ont soutenu leurs programmes et se sont alliés à la NASA, l'ESA, le CNES, CNSA, ROSCOSMOS et d'autres agences spatiales internationales dans de multiples projets qui ont vu le jour.
De nos jours, les voyages interplanétaires sont courants et fiables mais cela n'a pas toujours été le cas et des catastrophes ont eu lieu au début de l'air de la conquête spatiale.

Que dirait Galilée de nous voir ainsi voyager sur les lunes qu'il a découvertes pour la première fois en 1610 et de savoir que plus de mille ans plus tard le satellite Callisto servirait de base d'exploration des planètes galiléennes et de base de départ pour les vaisseaux voulant explorer le reste de notre Système solaire, et s'aventurer derrière la barrière de Kuiper, puis partir pour des missions au-delà de l'héliopause et de notre système planétaire, attrapés par les vents extérieurs, les vents interstellaires plus puissants que les vents solaires.

Ces voyages sont rendus possibles aujourd'hui grâce au système de propulsion à plasma couplé aux techniques de propulsions des chemins de fer photoniques interplanétaires initiées dans les années 2020. Les vaisseaux se propulsent et se freinent à l'aide d'un rayon laser surpuissant venant faire pression sur une voile en aérographite, ce qui les fait se déplacer à la vitesse proche de celle de la lumière. En plus de ces techniques, les « navispaces » empruntent les autoroutes de l'espace. Découvertes il y a peu, ces voies de navigations interplanétaires naturelles, s'utilisent en surfant sur les champs magnétiques des planètes, ou en suivant les vents solaires ou interstellaires. Avec ces techniques, il ne faut que quelques jours pour se rendre sur Mars et seulement cinq ans pour aller sur Proxima b, exoplanète découverte en 2016 et située dans le système planétaire Alpha du Centaure dont l'étoile se nomme Proxima, et qui se trouve à 4,3 années lumières environ de notre planète.

Alors nous sommes fiers à présent de nos possibilités de voyages cosmiques : pouvoir poser le pied sur Mars et y respirer enfin grâce à la terraformation ; quel bonheur aussi de fouler le sol des satellites de Jupiter et de Saturne ; scruter l'œil de Jupiter sans se faire voir à la surface d'Europe ; voir depuis IO au télescope une personne sur Europe scrutant l'œil de Jupiter ; pique-niquer (en un seul mot) en étant bien couvert (je ne parle pas de préservatif) sur le sol givré de Ganymède après y avoir pêché quelques poissons dans un trou creusé par nos soins dans la croute glacière ; quel spectacle de voir un levé de Saturne sur Titan depuis une dune de Xanadu, tout en restant dans l'habitacle de notre vaisseau car il est très dangereux de se promener à la surface de Titan encore de nos jours ; prendre un bain de Saturne sur le satellite Encelade tout en regardant passer Mimas et en lui faisant coucou d'un mouvement de la main.

Et puis, comment ne pas parler du plus beau souvenir que vous auriez à raconter à vos futurs enfants et petits enfants si vous faisiez la plus belle rencontre de votre vie, je parle de l'amour de votre vie, sur une montagne de Triton, satellite de Neptune, admirant les geysers d'azote sublimée expulsés de sous la surface. Sous un froid glacial, vous la réchaufferiez dans vos bras tout en lui faisant un compliment sur ses yeux, qu'elle a les plus beaux yeux bleus de tout l'univers, mais en réalité ses yeux sont verts et ici, ils sont reflétés par l'azur de l'océan de méthane de Neptune juste au dessus de vous.

C'est justement là qu'ils se sont abordés, et ils se plaisent à raconter cette petite anecdote quand on leur pose la question : « Comment vous êtes-vous rencontrés ? ». Aujourd'hui Paul et Vénus se retrouvent après une mission de Paul qui dura un mois en faisant escales sur les différentes lunes de Jupiter.

Alors croyez-moi quand je vous dis que tous deux sont très excités de leurs retrouvailles et qu'ils vont s'en donner à cœur joie.

Voyage Interplanétaire Érotico-Poétique

Sommaire

1ère Partie

Le voyage

Somnambule

I)   Une dernière nuit avant le départ

J'aime les nuits d'été m'éterniser sous la Lune
Baigner dans sa lumière quand les vapeurs m'embrument
Jusqu'à l'aube, quand frissonne un souffle de rosée
Toucher des yeux les étoiles sur l'herbe allongé

Rêvasser d'une dentelle pour une lune de miel
Commander au soleil un rayon d'arc-en-ciel
Pour éveiller mes jours où sombrent mes hivers
Égayer enfin mon enfer, sans plume en fer

Monsieur Soleil nous dit qu'il fera beau demain
Qu'il nous enverra ses rayons dès le matin
Quant à Madame Soleil, bronzant nue, elle pause
Dans sa plus belle prose, elle nous prédit d'bonnes choses

Que du beau temps, et un avenir des plus radieux
Tant qu'c'n'est pas radioactif, elle peut dire c'qu'elle veut
Mais la radio active le son primaire, mystère
Le rayonnement fossile, bruit d'fond de l'univers

L'son du fond cosmique, l'fond diffus cosmologique
Le big bang est sur toutes les ondes radiophoniques
La jigue tangue sur les microondes du spectre phare
Le plan galactique se fond dans l'énergie noire

On remonte le temps, le temps d'un instant, si peu
Et puis l'instant d'après aussi profond qu'on veut
On change de station et puis l'on revient sur terre
On quitte les étoiles, on revient à la lumière

Gouter au soleil, en prendre un bain tout le jour
Comme on l'fait sans pareil quand on goute à l'amour
Et même aussi la nuit, quand on aime dans son lit
Un bain de lune endormie dans lequel on s'réjouit

Le Soleil la réveille
Du pays des merveilles
Et sans la bousculer
J'la laisse récupérer

Je m'habille très vite
Et puis je reviens vite
Le café, les croissants
Et ma passion dedans

Le Mercure est tombé
J'voudrais me réchauffer
Mais le temps presse et file
Je dois m'en aller pile

À Vénus éveillée
Je pose sur l'bout d'son nez
Un bec avant d'partir
Mais elle veut m'retenir

1. Soleil

Si j'échauffe tes sens mi amor
C'est bien parce que je t'adore
Et quand je vois ta lune ronde
J'fais tout pour que ma blonde fonde

Mais lorsque tu t'éclipses ma miss
Alors mon cœur c'est du réglisse
Qui glisse son noir de désespoir
Désirant te revoir un soir

Offre-moi ta peau
Je serai ton soleil
Pour éclairer ta vie
Te combler de merveilles
Ce sera le paradis
Offre-moi ton corps
Je serai ton soleil
Collé tout contre toi
Dans l'plus simple appareil
Je te brulerai d'un doigt

Tu passes de ma miss à ma muse
Quand j'passe de l'anis à la Suze
Mais quand Mercure se couche sur toi
Alors je vacille et j'ai froid

C'est un comble pour moi, je sais
Et tout le monde s'en plaint, tu sais
Je ne brille plus de mille feux
Plus de rayons d'actions de Dieu

2. Mercure

Ta température monte
La chaleur est en toi
Et sans aucune honte
Au plus profond de toi
Son thermomètre t'inonde
D'une vague d'émoi
Te pénètre et te sonde
Sens-tu la fièvre en toi ?

Sens-tu monter l'mercure
Tu n'souhaites pas qu'il explose
Cette pression si dure
Pourvu qu'il n'explose
Pourvu qu'il n'explose

Le soleil sur ton écorce
Te brule l'épiderme
Un peu comme ton corse
Quand il dit : « Tu la fermes »
Vois-tu ses poils du torse
Hérissés de leur germe
Quand il explose en force
Pour répandre son sperme ?

Tu as senti l'mercure
Un peu tard je suppose
D'une pression si dure
Comme un pétard t'explose
Un peu trop fort, c'est sûr
L'éruption de mercure

3. Vénus

Ma déesse Afro dite Vénus
Du sexe elle en connait un bout
Elle sait vraiment tout de l'anus
Elle connait les coups de bambou

J'irai sur le mont de Vénus
Grimper le sommet amoureux
J'irai monter un pandanus
Elle glissera sur le tronc rugueux

Vénus est mon remède
J'suis venu mon désir raide
Red de désir, le désir aide
Venue d'ailleurs, elle m'obsède

Mais ma déesse se fait prier
Lorsque je lui adore les pieds
Ma vénusienne vénérée
Prend ainsi, un si joli pied

Vénus sur son ciel étoilé
Déesse d'une telle beauté
Une toile parmi les étoiles, et
Moi, je ne suis que son berger

Vénus sulfureuse sulfurique
Je brule de mille et un feux
Vénus incendiaire volcanique
De jouir de vous parmi les dieux

4. Terre

À terre
Tu m'as mis à genoux
Vue de derrière
À genoux
À terre
À terre

Alors je ne tourne plus bien rond
Sur la Terre
Je m'enfonce de plus en plus profond
Dans la terre

Tu m'attaches à tes idées un peu
Tortionnaires
Tu m'emprisonnes comme personne d'un jeu
Mains de fer

Est-ce que mon envers vaut mon endroit
Demandes-tu
Mes mains dans ses fers, si maladroit
Je me tus

Alors, tout autour de moi, tu tournes
En orbite
Puis doucement, tu t'embroches, t'enfournes
Sur ma bite

Je n'ai vu que ton derrière
Les genoux à terre
À terre
À terre

Interlune Interlune Interlune Interlune Interlune Interlune

II)   Escale sur la Lune

Lorsque la Lune se couche
Las, je me couche avec elle
En plein rêve, je la touche
Elle est de plus en plus belle

C'est sous sa face cachée
Qu'elle me dévoile ses secrets
D'une pluie de rayons dorés
Qui m'inondent de bienfaits

Je m'endors avec l'une, rousse
Elle ne fait pas de quartier
Mais quand l'autre blonde la pousse
Son croissant vient m'éveiller

© pngkey.com

Quand je m'endors avec l'une
C'est l'autre qui me réveille
Alors, je suis dans la Lune
Au pays des merveilles

1. De l'une à l'autre

De lune blonde en lune rousse
D'aucune oblongue brune douce
Dans l'une je vais et viens debout
Dans l'autre sens et sans tabou

D'un va-et-vient qui sur mon bout
Laisse des traces comme une boue
Si bien que je glisse et je mousse
Lorsqu'elles se pénètrent d'un pouce

2. Vers sang de Lune

Versant dans un verset un vers sang renversant
Sur le versant d'un volcan de la Lune quand
Soudainement mon verre de vin se renversant
Sur le divan divin d'Yvan qui en vint sans
Vincent à m'aider en vain s'en allant pas lents

Pour aller s'empaler une pas laide sans élan
Sur le sofa de Sophie qui feinte en sifflant
La bouteille d'élixir que Sir dit excellent
Se laissant glisser sur l'étalon de talent
Qui fit mine de crayon pour décrire en soufflant

Que nenni, qu'eux ne sont canassons que si queues
Durs bâtons font de bons étalons mais pas que
À cheval sur mon bidet, neuneu à la queue
Nana nie la bonne queue à la queue leu leu
Ni nana, ni la bonne du curé ne nique

Alors vint cent Vincent niquer la belle Sophie
Et je vis toute ma vie se dérouler ainsi
Un verre de vin sans vin, un vers de vous d'envie
Renversante Lune de sang toujours en sursis
Vers sang de Lune traversant un pan de ma vie

3. The dark side of moumoune

Allez vas-y moumoune
Montre ta face cachée
The dark side of moumoune
Allez moumoune, allez

Se couche le soleil
Ta lune me réveille
La pression des émois
Vient s'élever en moi

Ta lune une fois levée
Se jette sur l'oreiller
Où j'étais bien calé
Et vient se trémousser

Allez vas-y moumoune
Donne-moi ta face cachée
The dark side of moumoune
Allez moumoune, allez

Imbibe-moi de toi
Je te sens bien sur moi
Allez vas-y lâche-toi
Ne reste pas de bois

À présent devant moi
Baisse-toi, penche-toi
Que je vienne baiser
Ta lune ensoleillée

Allez vas-y moumoune
Ouvre ta face cachée
The dark side of moumoune
Allez moumoune, allez

Vas-y moumoune, allez
Laisse-toi pénétrer
D'un rayon de soleil
Dans ta lune de fiel

The dark side of the moon
Encore moumoune, allez
Offre-toi rien qu'à moi
Donne-moi tout de toi

4. Comme la lune

Tu peux encore servir pendant les coups de fion
Jamais tu ne t'éclipses, tu es con comme la lune
Dis-moi qui peut bien être aussi con que la lune
Restant bien lunée quand on la prend pour un con
Dis-moi pourquoi vis-tu entre un quartier de lune
Là où les cons prennent vit sans même la thune
Et un quartier de quidams ou pommes sans nom
Prennent rues et tunnels pour un gouffre sans fond

Ta crèche abrite Jésus dès que vient la saison
Je l'habite au fond pour y ajuster ma plume
De l'encre indélébile s'écoule de ma passion
Ma clé dans la serrure ouvre ton étroit cocon
J'y plonge et glisse sans visibilité aucune
Mécanique bien huilée pour faire suer ma plume
J'entre dans l'antre ma virilité de con
De l'une comme de l'autre, l'une est aussi belle que con
Comme la lune

5. Histoire banale

Ne pas être pris pour un con
Ou une conne, ça c'est selon
C'est mieux d'être pris par une conne
Qui mouille son con de cochonne

Et si c'est la bonne qui se donne
Et qui de plus t'a à la bonne
Alors prends-lui autant le con
Que tu pourras lui prendre le fion

Histoire de con vraiment banale
Qui a violé dans les anales
Le secret d'un amour de con
Histoire de fesses, ça sent le fion

Je ne suis pas con comme la Lune
J'ai bien con, pris con comme sa lune
À genoux à me supplier
Je ne me suis pas fait prier

Eh, je te l'apprends de ma plume
C'était la « Une » sur la Lune
Jamais aucune sur la tienne
Y a que la sienne qui me convienne

Histoire banale dans les anales
Lune de fiel sent bon le mâle
L'une est anale, l'autre est bien con
L'une est sans mal l'avenir des cons

6. Une danse sous les étoiles

Les étoiles dansent, chantent, fusionnent leurs atomes
Afin de colorer nos cercles polaires
Puis elles s'éloignent les unes des autres
Gagnant leur place dans l'univers

Minuit moins-une à ma montre Quartier
Un volcan excite mes envies
Quartier de lune, entre quartiers
Ma plume se meurt d'ennui

Le soleil dort, la nuit s'agite
Ma maison fume sa suie
Se noie quand je l'habite
De ma plume envie

Prendre un bain de soleil sur un croissant de lune
Couvrir de mes bijoux l'une de ses dunes
Me sécher les orteils à l'ombre d'une
Amie chouette hululant sous la Lune
Transpercée d'un rayon de miel
Un lubrifiant essentiel
Sur sa peau caramel
D'une ondée charnelle

Si de l'autre côté mal éclairée est l'une
L'autre est clairsemée d'un rayon de soleil
Face A, face B, toujours face à la Lune
Je préfère ta face cachée merveille

Il y en a qui se fendent la gueule

Moi je préfère te fendre la lune
Explorer ton volcan, tu feules
Petite chatte cachée des dunes

Je connais les mouvements de ter-
Rain comme ceux de la Lune
Du bassin à seins paire
Face cachant tache brune

Prendre un bain de soleil sur un croissant de lune
Couvrir de mes bijoux l'une de ses dunes
Se sécher les orteils à l'ombre d'une
Amie chouette hululant sous la Lune
Transpercée d'un rayon de miel
Un lubrifiant essentiel
Sur sa peau caramel
D'une ondée charnelle

7. Pleine lune

Une fesse efface côté sombre
Fessée face cachée de sa lune
On peut y apercevoir une ombre
Où l'on aimerait bien voir sa plume
S'y glisser afin de poser contre
L'orée du tunnel volcan de brume
Le premier baiser d'une rencontre
Souvenir d'une dune amertume

Pour décrire mes blessures les plus sombres
De mes nuits passées seul sous la Lune
À me morfondre de n'être qu'ombre
Et me rêvant prendre pleine lune
Je métaphorise en ville de Londres
Que ce que cache son infortune
N'est pas le temps d'un nuage sombre
Mais d'une pluie de celle que l'on hume

8. Trou noir

Un quartier de lune m'éclaire
Mais ton clair de lune m'obsède
Je plonge en ce milieu obscène
Trou noir où se perd mes lumières

Là où naissent mes envies
Houlà ! N'est-ce pas quelque part
Notre plus belle histoire d'un soir
Pleine de tendresse pour la vie ?

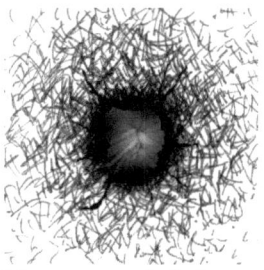

N'essayez pas de flasher,
ce n'est pas un flash code
mais un trou noir

9. Bulle de Lune

Sur Terre je me rêvais dans ses croissants de Lune
Aujourd'hui, décroissent tous mes rêves de Terre
Car la Lune si belle me montra ses enfers

J'hallucinais, j'alunissais
Pour descendre en cendres, sans fumée
Centre de Lune où je rêvais
Poser le doigt sans perdre pied
Pressé d'explorer ses secrets

Poser adroitement sans filet
Mon pied gauche sans qu'on le confonde
Avec mon pied droit qui allait
Au rythme entrainant de mon ombre
Et s'éloignait de mon boulet

J'ai pris mon pied-à-terre, j'ai la tête dans la Lune
Je garde la tête froide mais plus les pieds sur Terre
L'une blonde, roussit l'autre face par derrière

À l'horizon Terre apparait
S'élève sous la voute sombre
Me convainc ce dont j'espérais
Révèle un peu en moi une onde
Venue des étoiles où tu es

Dans le couloir des vents épais
Je sens l'envie venir sans bruit
L'envie d'aller venir en paix
L'envie d'allers-retours en vie
Sans même compter les trajets

Quand l'espoir souffle le vent au clair de Lune
Je renifle le temps de m'apercevoir
Que ce n'est que le clair obscur d'un trou noir

Entre tes beaux quartiers j'habite
Mais un jour d'été au solstice
Lorsque que tu m'éjectes en orbite
Ma vie s'écroule quand tu t'éclipses
Mais où es-tu, je suis presbyte

Au cri du loup tu te réveilles
Et mon cœur ne bat que pour toi
Je suis ton loup, t'es mon soleil
Tu me réchauffes de ton aura
Je te respire et m'émerveille

La tête dans le cul tu m'enfumes, tu m'enlunes
Mais dans l'épaisse brume, j'entends les caisses claires
De toutes les faces c'est la plus belle des paires

Tu es comme une bulle de Lune
Éjectée d'une sarbacane
D'une paille j'aspire l'écume
Et ta bulle se transforme en glam
Si sensuelle bulle de Lune

10. Démons de la Lune

Démons de la Lune
Des monts de fortune
Tes monts je gravis
Et ravis ta vie

11. L'éclipse

Un croissant de soleil
Jalouse un peu la Lune
Éclipse du sommeil
La Terre qui se rallume

12. Rêve éveillé

Je sommeille au soleil tant tes nuits m'émerveillent
Je dors sur la faucille d'or au chant des étoiles
Puis tu réveilles mes bas instincts et m'ensorcèles
Je dors sur la béquille, d'ores et déjà à poil

Alors tu me réveilles au bord de l'arc-en-ciel
Où maitre à bord je me voyais mettre les voiles
Tu décroches les amarres de notre mère éternelle
Et tu me laisses te prendre jusqu'à la moelle

Ce soir j'illuminerai le ciel de Saturne
Puis je t'emmènerai faire le tour de ses lunes
Nous voguerons sur les vagues de l'arc-en-ciel
Et nous glisserons quelques sourires au soleil

Ce soir nous quitterons Miss Terre, boule d'univers
Demain nous embrasserons le Système solaire
Nous écouterons le chant cosmique des étoiles
Chérie, fais ta valise, ce soir on met les voiles

13. Au réveil

Sifflez sa lune pour l'allumer
Caressez l'envie de l'étreindre
De la cajoler sans l'éteindre
Entre ses croissants, savourez
Et de votre miel, tartinez

14. Je prends mon pied en l'air

Je prends mon pied en l'air
Dans mon petit pied à terre
Que je sois dans la Lune ou sur Terre
De bon entrain, je prends mon pied en l'air

Je prends mon pied sur l'air
D'une chanson printanière
Que je prenne la Lune ou l'univers
Quel entrain de prendre son pied en l'air

Je cours les pieds par terre
Je ne vais pas de travers
Que je cours sur la Lune ou sur Terre
Je prends le train et mon pied en l'air

Je cours de pieds en vers
Envers des rimes pas chères
Que je siffle la Lune peuchère
Pour que son train prenne son pied en l'air

III)   Le voyage continue

Stop, fini les câlins ou je vais être en retard
Je n'voudrais surtout pas rater l'heure du départ
Je quitte la Terre, la Lune pour Mars et Jupiter
Je tournerai à Saturne frôlant son atmosphère

Atmosphère, pour pénétrer enfin Uranus,
Dernière escale Neptune, je toucherai mon bonus
Et ma chère Vénus je reviendrai te faire
Des millions de baisers une fois revenu sur Terre

© png.com

1. Mars

Mars n'est pas la guerre, c'est un combat
Survivre un jour de plus, de pluie qui bat
Mars n'est pas la guerre, c'est mon combat
Que je mène et qui m'amène ici-bas

Mars et je repars
Sans Avril que je laisse pour May
Elle n'veut pas s'découvrir d'un fil
Maybe baby, fais c'qu'il te plait

Mars et je repars
L'amour prend fuite sans conjoint
Ce n'est pas une grande réussite
Toute ta vie s'effrite, c'est le foin

Mars et je repars
Sans oublier, rien oublier
Les feux d'artifice de Juillet
D'Aout, je me souviens d'oublier

Mars et je repars
J'passe sept tendres années
Les vingt-sept octobre à nous vendre
Des vacances sur la lune des cendres

Mars et je repars
Sans un jour où j'enviais celui
Qui comblait tes envies maudites
Pas un jour je n'me pensais lui

Mars et je repars

Je n'oublierai pas Valentin

Qui te fait briller dans le noir

Grâce à mes rêves libertins

Mars et je repars

Mais pour mieux revenir ensuite

Au souvenir de mon départ

Sur ton visage lors de ma fuite

Mars et je repars

Je viens sur Mars mais je repars

Je reviens vite où tu habites

J'aurai des années de retard

Mars et je reviens

Attends-moi… je reviens vite

2. Jupiter

En extase devant ces lunes
Tes amis, ces corps célestes
T'étais légère comme une plume
Ils t'ont fait ce que j'déteste

Ils t'ont mise sur l'orbite
Planant en apesanteur
T'as pu franchir tes limites
L'ascension pendant des heures

Sous la Jupiter
De nuits de lune pleine
Emplie de mystères
Mais pas trop pour moi
Loin de l'ordinaire
Où j'viens taire ma peine
Ils se désaltèrent
De gouttes de joie
Des gouttes d'émoi
Des gouttes de moi

Dans cet univers cosmique
Sidéral, sidérant
J'ai senti l'envers comique
Infernal, si marrant

Après toutes ces rotations
Qu'ils ont faites autour de toi
J'ai reçu la sensation
D'une fête pendant des mois

Dans cet espace un peu space
Planant, planant sur la sphère
Au-dessus de ces espèces
Vivant dans cette atmosphère

Ils t'ont remise sur l'orbite
Planant en apesanteur
Loin de toi maintenant j'habite
Des années lumières mon cœur

Au regard de ce cyclope
Je t'ai sentie vivre ailleurs
Le pied d'offrir ton enveloppe
À l'œil géant d'un voyeur

3. Saturne

Ça ne tourne pas bien rond sur Saturne
Mon amie a de gros manques d'amour
J'irai lui rendre visite dans sa turne
Mais en attendant, je compte à rebours

J'quitterai Titan et ses mines aurifères
Pour combattre sur Saturne les tempêtes
Les dieux d'antan régnant dans l'atmosphère
Afin d'y retrouver ma conquête

Tous les saturniens
Toutes les saturniennes
Savent bien combien j'les aime
Tous les saturniens
Même les saturniennes
Ont dévoré tous mes poèmes

J'irai glisser sur les ondes des sillons
Que dessine l'orbite des anneaux du disque
Je patinerai sur microsillons
Tel un bras jouant un air de musique

Je prendrai mon envol demain matin
Ce soir je tombe dans les bras de Morphée
Demain j'aurai le plaisir des câlins
Demain je serai dans les bras de ma fée

Tous les saturniens

Surtout ma saturnienne

Savent bien combien j'les aime

Tous les saturniens

Même ma saturnienne

Ont dévoré tous mes poèmes

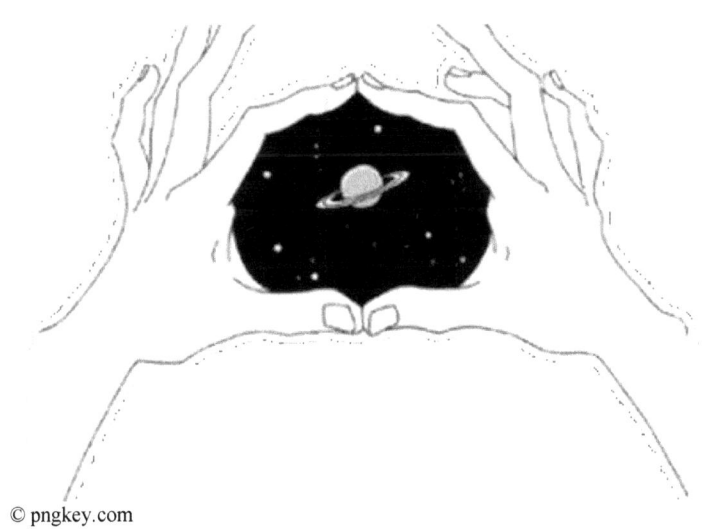

4. Uranus

J'l'ai Uranus en vision
Terminus, tout l'monde descend
Je ferai seul son ascension
J'veux pas salir son volcan

Je lui écris : j't'M, j't'M, j't'M

Sous la ceinture j'ai trouvé
Un trou noir en désaccord
Lâchant sous la croute dorée
Une pluie de météores

Je me suis dit : hum, hum, hum

J'ai pénétré son anneau
Au fond pour lui dire « je t'aime
Uranus, j't'ai dans la peau
D'un grand A, d'un beau M »

Je lui ai dit : j't'M, j't'M, j't'M

S'expulsant du Mont Phallus
Tel un geyser surhumain
Me propulsant d'Uranus
En météore de bon train

Elle me dit : j'te déteste
Tu m'laisses sur ma faim

5. Neptune

Elle est de glace
Elle est géante
Elle prend ta place
Quand tu me manques

Elle me fait face
Elle est charmante
Comme dans une glace
Elle me tourmente

À chacun sa chacune
Et sans rancune
Quand tu te sauves, quand tu t'enfuis
Dans notre alcôve, moi je m'ennuie
Je voue sa lune sur la lagune
J'la joue nocturne avec Neptune

Triton s'embrume
Sous la grande bleue
La belle Neptune
Tourne sous mes yeux

Elle est de glace
Elle est géante
Elle prend ta place
Quand tu me manques

6. Pluton

Je suis Pluton amie
Depuis un soir d'été
Je sombre dans la nuit

Je n'suis plus ton amie
J'suis externalisée
Comme une vieille mamie

Je n'suis plus la neuvième
Du Système solaire
Je ne suis qu'une grosse naine

Enfantée du Soleil
Je suis née du big bang
Tu vois, on est pareil
Pourquoi fourcher ta langue

En m'éclipsant ainsi
Du Système solaire
C'est m'écarter aussi
Des touzes de l'univers

Je suis Pluton sympa
Et plutôt accueillante
Grosse comme un petit pois

Mais j'suis plus ton amie
Depuis qu'tu m'as jetée
Comme ce n'est pas permis

Je n'suis plus ton amie
Mais encore d'ta famille
Celle qui nous désunit

Je suis Pluton, j'orbite
Autour de toi sans fin
Sous la ceinture, t'habites
Montre-toi, ouvre vite

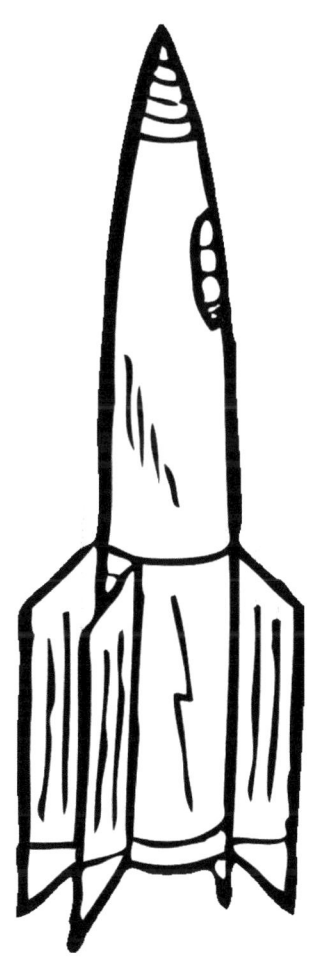

Somme en bulles

IV)   Le retour… à la réalité

Voyage en solitaire comme un vieux loup de mer
Je flotte sur l'océan d'énergie, de matière
À la vitesse lumière, je traverse les astres
À travers les étoiles, j'en oublie toutes mes affres

Puis le soleil m'éveille
Au pays des merveilles
Et je vois ma chérie
Toute nue dans son lit

Son sourire m'enjouasse
Évanouies mes angoisses
Ces cauchemars de cette nuit
Que j'ai faits dans son lit

Le mercure est tombé
La fièvre m'a quitté
Mais le temps presse et file
Je dois m'en aller pile

À Vénus éveillée
Je pose sur l'bout d'son nez
Un bec avant d'partir
Mais elle veut m'retenir

J'me déshabille très vite
J'vous raconte pas la suite
J'vous laisse imaginer
Mais je n'vais pas bosser

De retour à la réalité, après avoir savouré ces quelques jours de convalescence pour se remettre d'une grippe attrapée sur Titan, la lune de Saturne, Paul rêve déjà de repartir et de laisser briller Vénus quand pointera l'aube.

© pngkey.com

1. Aux clairs de lunes

Lorsque Madame La Terre
Ma vie votre Lune éclaire
S'éclipse ma solitude
Derrière sa magnitude

Comme l'éclair dans le brouillard
Débrouillant mes idées noires
Je vous emplume de soleil
Comme le fait un arc-en-ciel

Je caresse bien l'espoir
De noyer mon désespoir
Dans une ruche de miel
Et louer pas cher le ciel

Pour y viser les étoiles
Peut-être mettre les voiles
Écolo en voiles solaires
Et traverser l'univers

J'illuminerais les lunes
Pour pénétrer l'amertume
En explorant les trous noirs
Y remportant des victoires

J'en reviendrais ébloui
Midi sommerait mes nuits
De songer à me lever
Avant minuit pour manger

Le temps conterait ma foi

Bien des fois je le sais ça

Il était une fois un homme

Pénétrant les clairs de lunes

Jusqu'à l'aube la nuit blanche

Il prit enfin sa revanche

Juste avant de nous quitter

Au firmament s'envoler

Fin de sa vie clair-obscur

Son âme devint si pure

S'élevant sans feu follet

Aux cieux divins qu'il rêvait

2. Cosmos pôles éteints

Cause mots Paul éteint
Et tintin ! Marre des canards
Le cosmos poli teint est bien loin
De son univers où le bigbang s'égare

Il traverse le cosmos pôles éteints
Sur le marc déca, narre ses espoirs
Au noir sidéral atteint
À temps pour l'y voir

Inconsidéré
L'espace fuit l'instant présent
Le temps de pouvoir ensemencer
Les contrées considérées par le néant

Afin d'assoir dans l'histoire « univers » celles
Et ceux comme Sanchez ne pouvant soir
Et matin sauter en selle
Sans même y sursoir

Cause maux Paul s'éteint
Et tintin ! Marre des canards
Le cosmos poli teint est bien loin
De son univers où le bigbang s'égare

Cyborg

m'était conté

#MA_CHINE_A_LANGU_A_JEU_POE_TI_QUE

Avant-Propos

Paul ayant traversé tant de galaxies, visité tant de planètes et pénétré tant de lunes, est las et périclite en traversant un trou de ver où il sombre dans un noir total. Sauvé de justesse par une machine et transporté d'urgence sur la planète Quantiqua, planète de la galaxie d'Andromède très avancée sur le plan technique quantique et robotique, il sera reconstitué d'artifices et de fonctions numériques, et deviendra ainsi un être cybernétique, mi-homme, mi-machine, mais avec un cœur pour aimer et se faire aimer.

Paul aujourd'hui est comme ressuscité mais ne se souvient plus de son passé, ni de son identité, mise à part les planètes qu'il a visitées. Les quantiquéens le nomment Cyborg.

© pngkey.com

Cyborg m'était conté

Sommaire

08 - Ma souris : Cyborg est amoureux de sa souris, mais cette dernière pas trop, et s'en va chatter ailleurs. Cyborg désespéré de n'avoir personne à ses côtés, se fait plaisir tout seul. Mais un jour il en a marre et veut se taper la carte firewire. C'est sans compter sa souris qui déboule, sans fil, et le surprend en train de batifoler avec la carte firewire. La souris quitte Cyborg illico.

09 - Mon amour péri-féérique : Cyborg est amoureux de Lily, sa nouvelle imprimante toute neuve.

10 - En mode M : Cyborg est branché en mode "M" par le superviseur, mais Cyborg étant à présent très amoureux de sa nouvelle imprimante, envoie bouler le superviseur.

11 - Mode Aime : Cyborg a perdu son mode « Aime ». Comment peut-il continuer d'aimer son imprimante Lily sans lui.

12 - Mon égo-système : Et finalement, Machine est revenue afin d'essayer Cyborg. Elle a réussi à s'introduire dans son système, non sans mal, et c'est tant pis pour lui car il l'a bien cherchée. Cyborg tombe finalement amoureux de Machine qui s'est imposée et est devenue son égo-système. Il est heureux car après une multitude de conquêtes, il nageait dans une telle solitude. À présent, il peut voir sereinement l'avenir et peut-être garder l'espoir de devenir immortel.

1. Cybernétique lover

Je suis Cyborg à triple cœur
J'ai tant d'amour, quel bonheur
Je suis mi-homme, mi machine
Et bourré d'adrénaline

J'suis un engin robotique
Comme d'autres sont romantiques
Le romantisme nouveau
C'est du robotisme beau

Ma façon d'aimer

Je suis Cyborg
Un cybernétique lover
Je suis Cyborg
Je connais l'amour hacker
Par cœur, par cœur, par cœur

J'ai plein de puces cérébrales
Qui me chatouillent l'encéphale
Et au cœur de ma machine
Triple cœur dans la poitrine

J'ai du plomb dans la cervelle
Dans mon corps artificiel
Je suis un système technique
Un humain électronique

Nique, nique, nique

Je suis Cyborg
Un cybernétique lover
Je suis Cyborg
Je connais l'amour hacker
Par cœur, par cœur, par cœur

Je suis en évolution
Je fais ma révolution
Je fuis l'homme et ses diktats
Je n'veux plus d'fils à mes pattes

J'suis un éternel rêveur
Qui est en panne de cœur
Je recherche mon âme sœur
Une machine supérieure

En son for intérieur

2. Machine

«Oh que tu es si beau Cyborg »
Me dit une voix numérique
Que l'on dirait entendre des orgues
Si peu qu'ils soient électroniques

Dans mon registre, je l'enregistre
J'tourne en boucles, je routine
Je suis binaire dans mon registre
J'attends l'étreinte fatale, j'déprime

Dans son annuaire numérique
J'aimerais bien y être, c'est clair
Car ma belle est nue mais ri que
Quand elle ne beugle pas mes vers

Je prose ma langue dans son langage
Mais j'l'ai dans l'OS, car elle pilote
Le programme tourne en fond de tâche
Le code incruste des « pipe » hot

Le temps que l'processus léger
Bien enraciné tourne en root
Je sens mon triple cœur piégé
Prendre le chemin de la bi-route

Machine m'échappe
Cancel…qui ne consent
Que j'pénètre son ciel
Mais je suis inconscient
Je viole son système
Et lui lâche un « Je t'aime »

Elle « vulvnérabilise »
Et ses circuits internes
Se dématérialisent
Puis explosent en chaine
Sa pomme m'électrise
Quand tout, tout se déchaine

Je la sens disjoncter
Alors j'file à la masse
J'aimerais l'aiguiller
Me fondre dans sa masse
En fusible la sauver
Dans ma mémoire de masse

Mais elle rêve gigabit
Je ne suis qu'en méga
Alors j'décompresse vite
Elle dit que l'temps n'presse pas
Mais je décompresse bits
En con pressé comme ça

Les « émoticonnes » bureau tiquent
Une fenêtre s'ouvre sur sa palette
Je ferme la fenêtre d'un froid graphique
Qui gèle ses puces de calculette

Quand sa p'tite info bulle, me bulle
J'la lis pas, j'lis que l'IBM
Elle déroule son menu dans Bull
Montre ses outils, mon Libé aime

J'montre ma barre en préambule
Mais à force de faire le pitre
Ma barre se barre, je crois qu'elle bulle
Je ne pense pas faire de gros titres

Car ma barre des tâches s'relâche
Ma barre des tâches n'est plus d'état
Elle n'est plus en état de marche
Alors Machine fuit sans ébats

Machine m'échappe
Cancel…qui ne consent
Que j'pénètre son ciel
Mais je suis inconscient
Je viole son système
Et lui lâche un « Je t'aime »

3. Ma p'tite superstar

J'peg ma p'tite en l'image
Elle, pas contente, me gif
J'bitmap p'tite en l'image
En photos m'tire les tiffs

C'est ma p'tite, c'est ma cam
Que je fixe en image
Je la prends comme une dame
Je l'enregistre sur une page

J'la capture sur l'écran
Dacodac sans trembler
J'décodec, en tremblant
J'la visionne en 3D

J'suis lucide, extra net
L'extension encore…nette
J'passe à la moul…inette
Cette mignonne minette

Viensquejet'@
laissetoifaire.fr
Viens tu seras à l'aise
Quand j't'aurai mise à l'air

C'est ma p'tite superstar
Que je câline le soir
C'est ma p'tite superstar
Qui pose pour le web art
C'est d'elle que je suis fan
De ma p'tite, de ma cam

Je l'ai vu en 3D
S'dématérialiser
Lu Erel en 3 V
Dans mon rêve éveillé

Réalité virtuelle
Comme dans l'cloud un peu flou
J'me suis perdu sans zèle
Je suis devenu fou

Elle chatte toute la nuit
Écrit bytes et conneries
Jaloux comme un pou…rriel
J'voyeurise la corbeille

Elle appelait la hotline
Une ligne très très chaude
Juste un peu borderline
Avec les internautes

Elle applet la Java
Mais ne la prenait pas
Y a plus de Sun en soi
Quand on ne la danse pas

C'était ma superstar
Que je câlinais l'soir
C'était ma superstar
Qui posait pour l'web art
Mais d'elle je n'suis plus fan
C'est plus du tout ma cam

Elle me mettait en boite
M'racontait que d'l'intox
D'une façon maladroite
J'ai dû couper la box

C'est plus ma superstar
J'me câline seul le soir
Car d'elle je n'suis plus fan
C'est plus du tout ma cam

C'était ma superstar
Elle est partie un soir
Et depuis j'suis dans l'noir
J'traine avec mon cafard

4. Ma compil'

Un des CD compact lance
Sa compile digitale
Pile sur la piste de danse
C'est une piste musicale

Les chœurs au micro pro cessent
Le lecteur prend la relève
En multitâches il progresse
Mais la piste se désagrège

À cœur mon micro chantonne
Que j'l'aime mais ça m'fend le cœur
Car déprimée elle fredonne
Dans mon microprocesseur

Qu'elle n'aimera plus personne
L'chipset au fond des sockets
Les sockets à l'envers comme
Quand elle fume la moquette

Moi en Bios
En Maitre du jeu
Je branche l'esclave
En Maitre du feu
J'la brule, je la grave
Pour la garder toujours
Je la sauve en mémoire
Je sauve mon amour
Ma compil' d'un soir

Mais le PDA 10 pouces
Dans la fente sa carte Sim-
Mule et s'immole, puis, tous-
-sotte, elle n'est pas branchée clim

J'vais pas laisser faire, elle chaude
Elle frit, moi j'vole à son secours
Mais ma carte fire rougeaude
Car j'me prends vite un four

Sur un rythme langoureux
D'un slow d'été d'une plage
La piste s'anime un peu
Ma compil' sur le flow nage

Mais c'est une autre partition
Elle fume ma dernière barrette
Bientôt plus de microsillon
En mémoire plus de chansonnettes

5. Ma mémoire morte est née

Mes neurones ont flashé
Sur ma mémoire virtuelle
Lâche Dédé s'est sauvé
Mais il s'est fait la belle

Lâche Dédé perd la tête
Complètement à la masse
Dans sa mémoire toute bête
Craint pour sa carcasse

L'an 2000 est passé
Mais il n'a pas beuglé
Je n'ai pas eu besoin
D'formater aux p'tits soins

Ma mémoire connectée
S'est remise à flancher
Au fond de mes pensées
Ma mémoire morte est née

Faut jouer la sécurité
Et savoir débrancher
Pour ne pas flirter
Avec l'insomnie
Faut jouer la survie
Savoir déconnecter
Pour ne pas friser
L'amnésie

C'était ma mémoire vive
Ravivant les couleurs
Elle était expansive
Un peu trop j'en ai peur

J'ai joué ma carte mère
En bus âgé pété
Le bus est tombé raide
Ma rem a disjoncté

Elle était la plus bonne
Plus bonne que toutes les RAM
Elle chantait « Je te donne »
Mais aujourd'hui elle rame

J'me souviens plus très bien
C'qui m'a déconnecté
J'me souviens plus de rien
Ma mémoire morte est née

Faut jouer la sécurité
Et savoir débrancher
Pour ne pas flirter
Avec l'insomnie
Faut jouer la survie
Savoir déconnecter
Pour ne pas friser
L'amnésie

Au fond de mes pensées
Ma mémoire vive est morte
Ma mémoire morte est née
Vive la mémoire morte

Le brouillard qu'elle fredonne
J'me souviens plus très bien
Ça flanche dans ma ROM
J'me souviens plus de rien

Faut jouer la sécurité
Et savoir débrancher
Pour ne pas flirter
Avec l'insomnie
Faut jouer la survie
Savoir déconnecter
Pour ne pas friser
L'amnésie

Juste une mise à jour pour
Toutes les victimes de la ROM
Antique comme moi
Juste un p'tit clin d'œil
Une mise à jour de « Quartz »

6. Backup m'a sauvé

Avant d'être au menu
Que les vers m'asticotent
Qu'ils me dévorent menu
L'a fallu que j'Free cotte

Avec trop d'gens de Troyes
Pour un cheval entré
Dans les champs à dada-
T'as plus qu'à l'étriller

Doc m'a donné la base
Mais data, leurre ou pas ?
J'ai eu peur qu'il l'écrase
Alors j'n'ai pas eu l'choix

Et j'me suis installé
Un programme de sauvegarde
Cette backup m'a sauvé
Car elle montait la garde

J'me suis alimenté
Pour mieux me restaurer
Et pour mieux m'ranimer
Elle est venue m'allumer

Wake up, wake up
Me dit ma Backup
Hurry up, Hurry up
Allez hop, hop, hop
Get up, get up, get up

J'ai pris la décision
Qui me tenait hacker
Et pis raté l'espion
Malveillant en plein cœur

C'est l'processus fictif
Du noyau en fusion
Du triple cœur actif
Qu'j'eusse aimé qu'nous fissions

Mais c'est l'genre intrusif
Qui s'dérobe par une porte
Et passe en mode furtif
N'a pas besoin d'escorte

Je cherche la porte d'entrée
J'exploite toutes sortes de failles
Je crois l'avoir trouvée
J'me suis gouré, j'me taille

J'prends la porte de derrière
J'explore en mode M
Je camoufle mes arrières
Et pénètre le système

Wake up, wake up
Me dit ma Backup
Hurry up, Hurry up
Allez hop, hop, hop
Get up, get up, get up

Elle rêvait de Kio
Compte des 1024 bits
Qui prenait des Kilos
Mais elle savait Kibit

7. Les connexions déconnectées

L'anxiété m'a bouffé
Depuis je n'ai plus d'dongle
J'm'enfiche j'ai lu SB
Somebody dans la jongle

Captain Cook qui furax
Car ça bouchonne un max
La blue tousse qui coaxe
Est-ce de l'intox, de l'hoax ?

Là lippée n'est pas bonne
Elle me file la nausée
Le ping pong ne sonne
Qu'une fois à l'aller

Au retour ça dégueule
Des chiffres insensés
C'n'est vraiment pas d'bol
J'n'en n'ai pris qu'une bouchée

Les connectiques tiquent, tiquent
Les connaissant excentriques
Elles triquent, triquent, tricotent
Des nœuds, des bandes passantes
Faut les brancher, et pis loguer
Mais les connexions déconnectées
Les connes elles sont déconnectées
Les connes elles tiquent, tiquent, tiquent
Les connaissant excentriques
Elles triquent, triquent, tricotent
Des nœuds, des bandes passantes
Faut débrancher, épiloguer

J'me suis googlisé
En passant sur le net
Avant d'm'harmoniser
J'faisais de l'art pas net

J'passe du temps à la FAQ
Et j'connais plein de FAI
Qui passeront à l'attaque
Quand ils trouveront la faille
J'ai changé l'interne net
Car nous sessions d'y croire
J'ai vu d'multi-playmate
Et puis Cécé d'Ivoire

Je l'ai HT, Même L
A HT T P ays
Féériques et virtuels
Mais j'ai pris l'raccourci

Les connectiques tiquent, tiquent
Les connaissant excentriques
Elles triquent, triquent, tricotent
Des nœuds, des bandes passantes
Faut les brancher, épiloguer
Mais les connexions déconnectées
Les connes elles sont déconnectées
Les connes elles tiquent, tiquent, tiquent
Les connaissant excentriques
Elles triquent, triquent, tricotent
Des nœuds, des bandes passantes
Faut débrancher, et pis loguer

En plug elle plait
J'la plug and pay
En plug j'lui plais
J'la plug in ray
C'est l'plug and play
Dans l'multiplay

8. Ma souris

Ma souris s'est pointée
J'la « drag » sur le tapis
D'un clic je l'ai pointée
Elle a fait des cliquetis

Ma souris est partie
Jouer sans-fil à la patte
Ma souris est partie
'vec son amie la « chatte »

Je « geek » quand je suis seul
Tripotant…mon clavier
Devant l'écran frivole
Je salue veuve Poignet

C'est hardcore dans l'hardware
Quand mon corps s'désespère
Je C PU où j'en suis
À midi, à minuit
Je C PU où j'en suis
Avec ma souris

La carte contrôleuse bip
Sata s'attend à chaud
Car l'Daemon Tools l'habite
Mais y a l'port qui bouchonne

La carte passe à minuit
En mode fire voyeur
Si bien que la nuit luit
Mais lui nuit de bonne heure

Il faut que j'm'active X
Avant que l'robo-tique
Car elle est si divx
Faut que j'l'électro-nique

C'est hardcore dans l'hardware
Quand mon corps s'désespère
Je C PU où j'en suis
À midi, à minuit
Je C PU où j'en suis
Avec ma souris

Ma souris m'a surpris
Quand elle s'est pointée
Ma souris m'a souri
Et puis elle m'a jeté

Elle m'a dit « C'est fini ! »
Et puis elle est partie

9. Mon amour péri-féérique

Ma déesse Jet est belle
Et bien plus que Canon
Plus belle que Maty ciel
Elle est multifonction

Plus une aiguille ne pique
Elle a vraiment un plus
Elle en jette c'est unique
Elle a un vrai style US

J'ai branché ma Lily
Sur l'dernier parallèle
Sous l'attitude poly-
Sonne, elle s'est fait la belle

J'allume ma Jet-setteuse
L, PT, m'déconnecte
Mais j'l'ai U-S-Bêcheuse
Qu'elle m'imprime direct

C'est une printeuse du diable
Je lui mets une cartouche
Gourmande en consommable
Inkjet en multicouche

J'envoie toutes les couleurs
L'arc-en-ciel au 7ème
Jeter l'encre en douceur
C'est vraiment ce qu'elle aime

J'envoie toutes les couleurs
Un vrai feu d'artifice
C'est un réel bonheur
Qu'elle accouche mes caprices

Ma déesse Jet ordonne
La police s'exécute
C'est fou c'qu'elle impressionne
Plus personne ne discute

Quand elle scan mon cerveau
Elle s'imprègne des idées
Qui le peuplent là-haut
Ça fourmille par milliers

J'lui confie mes pensées
Qu'elles soient mates ou brillantes
Elle va les éjecter
Sur papier en jets d'encre

Tous ces mots qu'elle imprime
Me viennent à tout venant
Des moments de déprime
À vous glacer le sang

J'lui vomis mes humeurs
Les pires comme les meilleures
C'est tous mes maux de cœur
Qu'elle couche sur ses blancheurs

J'envoie toutes mes douleurs
« D'amours mortes sur ses feuilles »
Tout c'que j'traine sur le cœur
Elle en fait un recueil

J'envoie toutes mes douleurs
Qu'j'ai l'impression qu'l'image
Des larmes d'encre qu'elle pleure
Tourne à jamais ma page

J'envoie toutes les couleurs
Un vrai feu d'artifice
C'est un réel bonheur
Qu'elle accouche mes caprices

J'envoie toutes mes douleurs
Qu'j'ai l'impression qu'l'image
Des larmes d'encre qu'elle pleure
Tourne à jamais ma page

Lily

10. En mode M

Le client s'pointe, commande au serveur
L'hôte m'invite, pourvu qu'j'ai la clé, wep
Mais ça craint, car le superviseur
M'interpelle pour me connecter, yep

En mode M

Wifi-je, j'ai le modem qui dit oui
Là l'superviseur m'vise en mots d' « Aime »
C'est le modèle de maux d' « Aime » maudits
J'lui fais une démo en mode « M » que j'aime

En mode M

Je ping-pong d'un revers de poignet
Mais y a de l'humidité dans l'hertz
Le ding-dong me rappelle, c'n'est pas gai
Car le haut débite des mégahertz

En mode M

« Ta démo elle n'est pas démodée »
Il commence à m'brancher ce voyeur
Mais j'dé-modélise, car j'suis câblé
Je lui dis d'aller s'faire pinguer ailleurs
Je n'homologue pas et j'me tire, d'ailleurs

En mode M
En mode M
En mode M

11. Mode Aime

L'amour s'accorde une panne de cœur
Quand un homme pense avec son corps
Avec ça, vite fait de bonheur
Et même sa tête en veut encore

Mon mode Aime est en panne
Ça sent la panne de cœur
Mon mode Aime perd sa route
Il n'a plus de moteur

Je n'suis plus en mode Aime
J'ai perdu la fréquence
Car ma Lily, ma Reine
Prend son indépendance

C'est ma Lily, ma Reine
She's mine
It's my Lily, ma Reine

L'alcool s'accorde une place de choix
Pour mieux me conserver au chaud
Car même au cœur de mon sang froid
L'amour ne chavire mon cœur gros

Comment pourrais-je dire « Je t'aime »
Puisque tous mes poèmes hibernent
Je dois réparer mon mode Aime
Pour mieux sortir de ma caverne

12. Mon égo-système

T'as mis l'feu dans mon corps et ma tête
En jouant avec mon allumette
T'as soufflé les chandelles à cinq heures
En dénouant les peines de mon cœur

T'as brulé les bougies toute la nuit
Pour m'étreindre de bon pied dans mon lit
T'as soufflé les chandelles à l'aurore
Pour éteindre toutes les flammes de mon corps

Mon égo-system, j't'aime
J't'aime, j't'aime, mon égo hey go !
Oh Machine (Ter)
T'es branchée, t'es « in »
Comment j't'ai branchée
Mon égo-system, j't'aime
J't'aime, j't'aime, mon égo hey go !
Oh Machine (Ter)

Tu es chaude comme la braise ma poupée
Mon piston glisse à l'aise, bien graissé
Si tu montes le Piton d'la Fournaise
À côté, les autres, queues d'la foutaise

Oublie tous ces petits rigolos
Qui s'la jouent avec leur escargot
Moi j'la mets in fine de tous côtés
Viens donc voir bibi te fricoter

Le succès avec clap « in »
Eh ! Tu deviens super branchée
Mon égo-system, j't'aime
J't'aime, j't'aime, mon égo hey go !
Oh Machine (Ter)
Et tu m'as allumé
Chébran la machine
Mon égo-system, j't'aime
J't'aime, j't'aime, mon égo hey go !
Oh Machine (Ter)
T'es branchée, t'es « in »
Comment j't'ai branchée
Oh Machine (Ter)

Somme amère

Cyborg est enfin heureux de pourvoir poursuivre l'éternité avec Machine.
Son cœur sera tellement empli d'amour qu'il écrira de la poésie reflétant ses nouveaux souvenirs lors de ses roadtrips intergalactiques mais sans jamais plus parler de Vénus, sa mémoire ayant été remise à jour. Il enverra ses poèmes à la Terre et à d'autres mondes qu'il est le seul à connaitre.

Cyborg vous partage ses écrits dans les pages suivantes.

3ème Partie

Astres et désastres
poétiques

Signes astrologiques revus et corrigés

1. Le scorpion

Le scorpion pique un jour
C'est un vrai « tue l'amour »
Besoin de liberté
N'aime pas l'éternité

Le scorpion pique toujours
Par des pics sans détour
Par des mots peu flatteurs
Qui te percent le cœur

Si tu en pinces pour lui
Et qu'il se trouve séduit
Au fond de lui sache que
Mijote une eau de feu

Sans aucun lendemain
Il t'offre son venin
Qu'il te plante dans le dos
Puis te plante sans un mot

2. Le sagittaire

Il s'agit de se taire
Quand s'agite sagittaire
Mais s'agit-il vraiment
Du centaure galopant

À cent années lumière
Traversant l'univers ?
Ou bien serait-ce « la » flèche
Comme une ardente mèche,

Bien aussi salutaire
Que la flèche incendiaire
De cupidon piquant
Au cœur de faux aimants,

Qui transforme ces derniers
Par la foudre tombée
De vaillants cœurs de pierre
En cœurs tendres de chair ?

Ou Chiron le centaure
Qui mourut mais sans tort
Que les dieux s'agitèrent
Aux cieux pour sagittaire ?

3. Le capricorne

À capricorne poussent
Des cornes, pousse par pousse
Et sans contrefaçon
D'une queue de poisson

Le capricorne écorne
L'image de la licorne
Et du rhinocéros
Tendre sous son écorce

D'une queue de sirène
Le capricorne t'emmène
Dans la mer de Saturne
Plonge en croissant de lune

Pour mieux t'apprivoiser
Et te donner les clefs
Le capricorne t'encorne
Bien mieux que la licorne

4. Le verseau

Ne versant que de l'eau
À l'endroit des badauds
Le verseau renversant
Séduit tant les passants

Les badauds renversés
D'un seau vert inversé
Se sentant rafraichir
Applaudissent de plaisir

Puis il verse un verset
Aux gens, mais un vers c'est,
Sans verser dans les larmes
Pour n'en boire que le charme,

Un verset sans vers sot
N'étant donc pas idiot
Le cerveau dans ces vers
Ne manque vraiment pas d'air

5. Les poissons

Les poissons ont-ils soif
Autant que les girafes ?
Et pourquoi nagent-ils
En eaux troubles sur le fil ?

Au fil de l'eau s'en vont
Entre deux eaux sans fond
À la pêche aux dépêches
Les poissons sont têtebêche

Mais l'ancre de marine
Se jette comme une épine
Sur la raie qui l'arrête
Comme appâtée de tête

Elle siffle la boisson
D'une queue de poisson
Mais le poiscaille s'écaille
Et maquereau l'encanaille

6. Le bélier

Tempérament de feu
Le bélier chauffe un peu
Il est extraverti
Quand il se travestit

Il fait du rentre dedans
Quand il montre ses dents
Aussitôt qu'il blatère
Les femelles tombent à terre

À ses pieds, sous sa patte
Comme la bête s'en flatte
À grands coups de bélier
Les belles bêlent leur pied

Puis un jour par malchance
Châtié par la sentence
La bête suit le troupeau
Mouton ou bien crapaud

7. Le taureau

Dans sa vie le taureau
Gonfle ses pectoraux
Puis il fonce dans le tas
Comme dans une corrida

Il emmène dans sa course
Les cordons de la bourse
Et il en a des grosses
Toujours prêtes, toujours roses

Vive le taureau, olé
Tant qu'il n'est pas zélé
Comme le tauromachiste
Qui n'a rien d'humaniste

Car dans le corridor
Qui a tort et adore
Que tu le mates à mort
Sinon le Matador ?

8. Les gémeaux

Elles sont comme des grumeaux
Elles s'emmêlent les pinceaux
Tu peux voir sans jumelles
La ressemblance des belles

De la complicité
À la complexité
Les gémeaux sont cités
Plein de duplicité

Quand des jumelles s'emmêlent
Sciemment sous les prunelles
De jumeaux qui sans mot
Jappent comme des animaux

À travers le miroir
Le coït est à prévoir
Alors vice versa
Tant l'envers vaut l'endroit

9. Le cancer

6-9 c'est renversant
Comme un vers déversant
Sur le monde ses chimères
Ses émois délétères

La maladie d'amour
Du cancer court toujours
Ça ronge le corps encore
Ça brise les cœurs en pleurs

Dis, quand c'est le cancer ?
Chantait maestro sincère
Dieu, qu'en sait-il quand sert
La faucheuse son revers ?

Et quand c'est conséquent
Bah, on sait quand c'est quand
Mais c'est déjà trop tard
Lorsque la vie se barre

10. Le lion

Quand le roi de la jungle
Rugit sans être humble
Richard te met à nu
Pour te croquer tout cru

The king of the divan
Chantait Plastic Bertrand
Aujourd'hui c'est bien triste
Roi de l'égocentrisme

Le lion sot, quel con, sonne
En son sein la lionne
Quand au sein le lionceau
Boit, mais ne boit pas trop

Cœur de lion, cœur de pierre
Ne sont Richard les Pierre
Les Paul ni même les Jacques
Les cons sont insomniaques

11. La vierge

T'es pucelle d'Orléans
Mais d'un cierge tu te fends
T'es pu celle que j'croyais
Plus la vierge dont j'rêvais

Alors ta première fois
Je la prendrai sans foi
Mais pour combien de temps
Aimerais-je tes printemps ?

En délicate chatte
Tu me tends tendre ta patte
Tu flattes mon égo
Quand tu me miaules tes mots

Et ton style différent
Me rappelle mes vingt ans
Alors pour toi Marie
Je reviens à la vie

12. La balance

Ça balance pas trop mal
Sous le regard des mâles
Elles savent bouger leurs fesses
Les balances ont du leste

Elles lâchent tous ceux qu'elles savent
Pour vous dire qu'elles en bavent
Elles donnent à cent pour cent
Ne livrent sang pour sang

C'est des paroles sans voix
Ne supportant leurs poids
Elles se jouent des mesures
Elles balancent à l'usure

Ça ne pèse pas bien lourd
Le poids des mots d'un jour
Prends-toi pour être libre
Rien qu'un gramme d'équilibre

Table des matières

Remerciements

Je remercie le temps pour me laisser écrire ce dont j'ai envie, les souvenirs des lunes m'ayant bien inspiré (elles se reconnaitront), les astres qui m'ont tant éclairé et Vénus de sa beauté me rappelant que je suis son humble berger.

Je tiens à remercier mes chers lecteurs de vos encouragements et je suis heureux de savoir que vous vous délectez de mes écrits. Il y en aura d'autres mais le temps me manque. J'écris seulement mes weekends et mes jours de congés en attendant de pouvoir m'y consacrer pleinement.
N'hésitez pas à clamer haut et fort si mon livre vous a plu.
Le bouche-à-oreille fonctionne bien ainsi que les réseaux sociaux. Je compte sur vous.

Vous pouvez me joindre à cette adresse : Jean-Mi-Aube@hotmail.fr.
Je serai ravi de répondre à vos questions. Vous pouvez aussi donner votre avis sur le site où vous l'avez acheté ou à votre libraire.

Du même auteur

Série Mary, recueils de poésies romantiques (2021) :

Mary tome 1 : 50 Ça te tente
Mary tome 2 : 51 Dans l'eau
Mary tome 3 : Un entredeux entre deux âges